دار جامعة حمد بن خليفة للنشر
صندوق بريد 5825
الدوحة، دولة قطر

www.hbkupress.com

الطبعة العربية الأولى عام 2021

الترقيم الدولي: 9789927151842

تمت الطباعة في الدوحة-قطر

مكتبة قطر الوطنية بيانات الفهرسة – أثناء – النشر (فان)

الزيارة، شيخة، مؤلف.

أشواك / تأليف شيخة الزيارة ؛ رسوم زهرا أميني. الطبعة العربية الأولى. - الدوحة، قطر : دار جامعة حمد بن خليفة للنشر، 2021.

صفحة ؛ سم
تدمك: 978-992-715-184-2

1. قصص الأطفال العربية. أ. أميني، زهرا، رسام. ب. العنوان.

PZ10.731.Z59 2021

892.737– dc23

202128035021

أشواك

تأليف: شيخة الزيارة

رسوم: زهرا أميني

دار جامعة حمد بن خليفة للنشر
HAMAD BIN KHALIFA UNIVERSITY PRESS

هُناكَ في أَرْضٍ بَعِيدَةٍ،
حَوْلَ بُحَيْرَةٍ صَغِيرَةٍ
تُحِيطُ بِها صُخُورٌ ضَخْمَةٌ،
عَاشَ أُناسٌ أَشْكالُهُم مُخْتلفةٌ وغريبةٌ،
ويَتَحَدَّثُونَ بِلُغَةٍ عَجِيبَةٍ لا يَفْهَمُها أَحَدٌ أَوْ يَعْرِفُها.

تَعُمُّ السَّكِينَةُ المَكانَ وَيَنْتَشِرُ السَّلامُ،
ويَرَى سُكَّانُها الجَمَالَ في كُلِّ نَاحِيَةٍ.
تَمُرُّ كُلُّ الفُصُولِ آمِنَةً... عَدا فَصْلِ الشِّتاءِ،
إِذْ تُصْبِحُ ضَفَادِعُ البُحَيْرَةِ سَامَّةً ضَارَّةً،
فَيُطْفِئُ السُّكَّانُ الأَنْوَارَ حَتَّى لا تَنْعَكِسَ
ظِلالُها عَلَى الصُّخُورِ،
وَتَنشُرَ الضَّرَرَ وَالسُّمَّ وَالشُّرُورَا!

ذَاتَ لَيْلَةٍ، وَسَطَ سُكُونِ اللَّيْلِ وَرَذاذِ المَطَرِ،
نَبَتَتْ قُرْبَ البُحَيْرَةِ زَهْرَةٌ صَفْراءُ
لَمْ يَرَ السُّكَّانُ مِثْلَهَا قَطُّ.
سَبَّبَتِ الزَّهْرَةُ لَهُمُ الذُّعْرَ وَالخَوْفَ،
وَرَأَوْا فِيهَا قُبْحًا وَمَصْدَرًا لِلْهَلاكِ.

وَمَعَ طُلُوعِ الصَّبَاحِ، اِشْتَدَّ خَوْفُ السُّكَّانِ،
وَقَرَّرُوا حِمَايَةَ البُحَيْرَةِ،
فَتَعَاوَنُوا في بِناءِ سُورٍ كَبِيرٍ حَوْلَها
يَحْجُبُ الزَّهْرَةَ مِنَ الظُّهُورِ.

يَوْمًا بَعْدَ يَوْمٍ، كَبُرَتِ الزَّهْرَةُ،
وَانْعَكَسَ ظِلُّهَا فَوْقَ البُحَيْرَةِ،
وَنَشَرَتْ عِطْرَها فَوْقَ الصُّخُورِ وَبَيْنَ الكُهُوفِ.

تَعَاوَنَ السُّكَّانُ مِنْ جَدِيدٍ في إِعادَةِ رَفْعِ السُّورِ
لِحَجْبِ الزَّهْرَةِ عَنِ الظُّهُورِ.

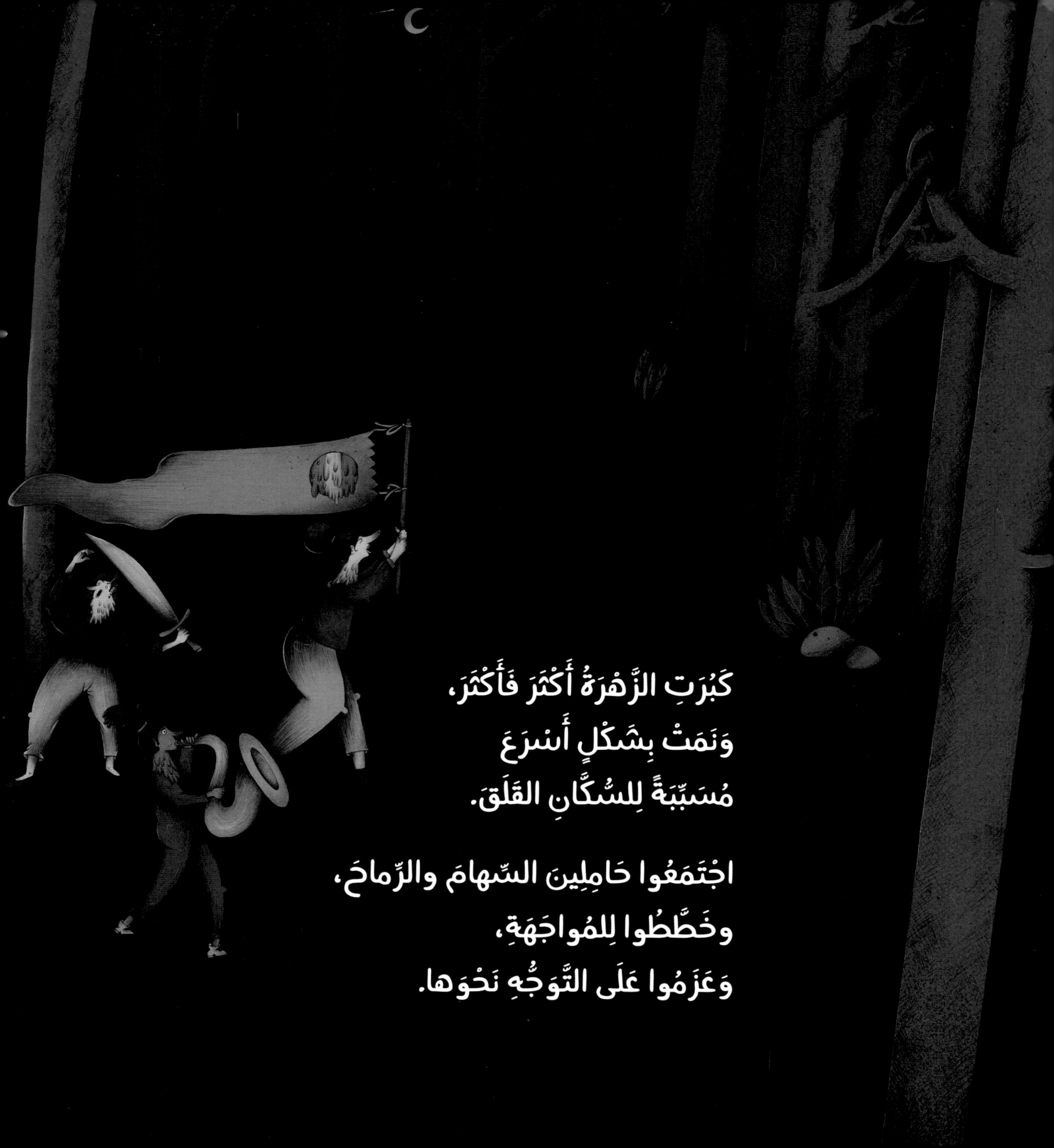

كَبُرَتِ الزَّهْرَةُ أَكْثَرَ فَأَكْثَرَ،
وَنَمَتْ بِشَكْلٍ أَسْرَعَ
مُسَبِّبَةً لِلسُّكّانِ القَلَقَ.

اجْتَمَعُوا حامِلِينَ السِّهامَ والرِّماحَ،
وخَطَّطُوا لِلمُواجَهَةِ،
وَعَزَمُوا عَلَى التَّوَجُّهِ نَحْوَها.

وَلَكِنْ حِينَ حانَتِ المُواجَهَةُ،
كَانَتِ المُفاجَأَةُ...
اخْتَفَتِ الزَّهْرَةُ مِنَ المَكانِ،
فَشَعَرَ السُّكَّانُ بِالرَّاحَةِ وَالاسْتِقْرارِ
وَعَوْدَةِ الأَمانِ لِكُلِّ دارٍ.

في كَهْفٍ صَغِيرٍ فَوْقَ إِحْدَى الصُّخُورِ،
هَا هِيَ الزَّهْرَةُ تَعِيشُ بِأمَانٍ.

خَطَفَها أَحَدُ السُّكَّانِ بعْدَ أنْ رَأَى فِيهَا جَمَالًا،
خافَ عَلَيْها مِنْ قَسْوَةِ السُّكَّانِ،
فَخَبَّأَها عَنِ الأَنْظارِ،
عَزَفَ لَها أَلْحَانًا،
اهْتَمَّ بِها...،
وَرَعاها لِأَيَّامٍ.

وفي إِحْدَى لَيالِي الشِّتاءِ المُظْلِمَةِ،
انْتَشَرَ ضَبابٌ كَثِيفٌ في أَرْجاءِ المَكانِ،
وَفاحَتْ رَائِحَةٌ قَوِيَّةٌ حَمَلَتْها الرِّياحُ صَوْبَ الكُهُوفِ.

تَسَلَّقَتِ الضَّفادِعُ الصُّخُورَ،
وَاقْتَحَمَتِ الكُهُوفَ فَذُعِرَ السُّكّانُ.

راحَ الجَمِيعُ يَبْحَثُ عَنْ مَصْدَرِ الرَّائِحَةِ،
حَتى دَلَّتْهُمْ إِلى الكَهْفِ الصَّغِيرِ.

تَفاجَأَ السُّكّانُ، وَأَمَرُوا خاطِفَها بِإِبْعادِ الزَّهْرَةِ
الصَّفْراءِ مَصْدَرِ القُبْحِ والشَّرِّ،
وَهَدَّدُوهُ بِطَرْدِهِ مِنَ المَكانِ.

أَعادَ الفَتى الزَّهْرَةَ وَثَبَّتَها قُرْبَ البُحَيْرَةِ،
وَلَكِنَّها تَحَدَّتِ السُّكّانَ،
نَمَتْ وَكَبُرَتْ فَازْدادَ طُولُها.
ثارَ السُّكّانُ وَحَملوا السِّهامَ،
وَقَبْلَ أَنْ يُصَوِّبُوا نحْوَها،
أَسْرَعَ الفَتى مُتَسَلِّقًا الزَّهْرَةَ لِحِمايَتِها.

انْحَنَتِ الزَّهْرَةُ تِجاهَ البُحَيْرَةِ،
نَشَرَتْ رَحِيقًا وَضَبابًا كَثِيفًا غَطّى المَكانَ،
فَشَفى جَمِيعَ الضَّفادِعِ.
حَلَّ الرَّبيعُ وتَوالَتِ الفُصُولُ،
اشْتَدَّ البَرْدُ مِنْ جَدِيدٍ، وَأَنْبَتَتِ الزَّهْرَةُ أَزْهارًا صَغِيرَةً.
أَشْعَلَ السُّكّانُ الأَنْوارَ فَوْقَ الصُّخُورِ فَتَلَأْلَأَتِ السَّماءُ،
فَما عادَتِ الضَّفادِعُ تَنْشُرُ السُّمُومَ.

وَفي أَحَدِ كُهوفِ السُّكّانِ،
نَبَتَ كائِنٌ جَدِيدٌ جَمِيلٌ
مَلِيءٌ بِالأَشْواكِ...